KB235839

이기형 시집

별꿈

살림터

4

제4부 회고와 전망

제1부
봄을 기다리는 마음

그리움

해질녘
흰 빨래 걷힌 백사장에 남은
아스라한 그리움

시냇물은 삼천리로 흘러
대지를 싹티우는
사월의 넋이여

(1983. 4)

밑바닥

빛은 어디냐
그대를 향한
네 피 토함

산 일번지
나앉은 맨봉당에서,
높은 창살 어둔 구석에서,
지하실 고문대에서,
만져 보는 해야
얼굴이 검구나

푸른 하늘아
거기엔 별이 빛난다지

대낮은 초메가톤으로 짓눌리고
문명이란 놈은 마하로 내달려
네 몸부림만
밑창에 남아

타다가 타다가

재가 된다
불꽃이 된다
역사가 된다

(1981. 10)

絕 壁

밀려드는 산더미 파도들
온몸으로 부딪쳐
흰 피를 쏟곤
파아란 생명으로
영원을 산다
거품을 토하며
들이받아
부쉬졌다간
다시 엉키는 군상
뭇 용새가 냅다 박혀
깃이 찢기는 찬란한 비명
유성들 부닥쳐 요절하는구나
천년의 통한
부릅뜬 눈망울

너 검은 아가리
삼켜도
삼켜도
찰랑찰랑
생명은 외쳐대

비록
강철과
핵의
철옹성일지라도
바람과
비와
원소의 분자식과
민중의 초능력
사십 억이 한꺼번에 내달아
'부러져랏!'
엿가락처럼 휘이는
포신
핵신
안개처럼 무너지는
절벽

아, 저기 불꽃이
하늘과 땅을 빠개고
불그레 솟아오르는
저것은―   (1984. 10)

청제비

작렬하는 태양 아래
세월은 분장했고
시간은 멎었다
바르르 떨며
응시하는 초침
숨통은
파열하고야 말 것인가
불현듯 1910년
피글을 읽고 싶어
까마귀 울음을 듣고 싶어
광장의 저 낯선 손님
눈을 의심하지 말라
귀바퀴가 떨어져
밀어는 못 들었다
눈부신 천하 정오에
철망차는 돌진한다
으시시한 옷차림은 내뻗다
귀 먹히고
눈 멀리고
입 다물려

심장이 벼락치는 소리
악산을 부숴대는 굉음
아,
칼바람을 제껴
칠흑 하늘을 뚫고
청제비를 날리자

(1984. 9)

대낮

야곰야곰 떨어져 나갔나
용궁 간 토끼에 뺏겼나
아예 도깹감투를 썼다냐

길바닥을 메운
목 없는 몸통들
어깨빡만 으쓱댄다
주제넘은 수작
별빛 대신 황금에 목젖을 태워

발가락 끝에서 팔딱팔딱 뛰는
이십세기 대가리
줏어 달려면 떨어지구 뒹굴구
나사못 죄는 소리
자물쇠 채인 컴퓨터 골통
허구한 날 백사장 모래알만 센다

열대성 저기압
칼번개 회오리 비바람
하늘 땅을 삼켜

한쪽 쭉지마저 부러졌다
반 잘린 모가지
제비야, 그래도
한가닥 빛길 열어 날아오는가
칠흑 하늘에 은빛 날개를 반짝이며
남은 숨줄 할딱할딱
흥부네 옛집을 찾아

치붓장 넘기는
놀부의 덜밋살

말라 비틀어져도 잘라도 베어도
끊길 수 없는
모질은 목숨

　　　　(1982. 7)

첫닭 울음소리

강물이 썩었다!
메뚜기가 사라졌다!

인간이 자연에 저지른 대역죄

고향 마을은 도깝불이 노니는 폐허가 되었고
코리아 뉴키즈는 광란하고
검은 손 검은 돈은 난무해
세상은 독버섯과 고름바다
발버둥치는 내 방이 왜 이리도 좁으냐
헉헉 숨이 막혀
파문(波紋)아 세계에 뻗어 줘
맑은 원류를 찾아 나설 수밖에
남강 원류는 천왕봉 밑 바위 짬 물방울
아침 햇발을 받아 해맑았다

아사달 치올라 백두 천지
새 아침 새암 줄기
저 원초의 맑음을 흐리우는 어리석음을 저지르느니
윗물이 맑아야 아랫물도 맑거늘

윗물을 흐리우는 역순자는 누구냐
지구 원년 도원 마을 어귀쯤에서
첫닭 울음소리가 듣고 싶구나

(1992. 7)

蝨

대낮에도 당당히
뱃속에 뀐다
한푼 자유는
서캐를 슬어
참빗장수 입안에
군침이 돈다

각설이 몸에 스물스물
피를 빠는 놈

골리앗은 바위벽에
등살을 비벼댄다

참다 못해
몸을 던지는 다윗이여

(1983. 10)

조국 산하

해가 솟는다
천만 개의 눈동자가 모이는 저곳
천지와 백록담의 환한 저 얼굴
큰님의 큰얼이 늠실늠실
오천 년 내력이 갈피를 넘기는 소리
백두대간 깊은 뫼뿌리
만고에 청청 하늘을 받들었다
아름다워라 삼천리는 비단결 산하
마을은 산 따라 강 따라 두런두런 숨바꼭질한다
산이 높으니 강은 깊고
강이 깊으니 들은 살쪘다
산마을 강마을 들마을은 오손도손
무궁화 매화꽃 산수유 진달래 산천은 정겨워
꼬꾜―, 새벽닭 우는 소리
모락모락, 밥 짓는 연기가 오르고
움메―, 삼돌은 황소를 몰고 일터로 나간다
컹컹, 삽살개는 꼬리를 흔들어 껑충껑충
흰옷 겨레 안팎에서 모질게 짓눌려도
어깨 겯고 에야데야 끈질기게 용케도 살아왔건만
오늘 형제가 갈라져 끔찍해라 반백 년

산천도 인심도 전신 피멍이 들어 헉헉 앓음소리
단군 큰어른의 흰머리칼이 곤두섰다
성난 산줄기 강줄기는 용틀임친다

(1995. 5)

새 세상
—대선 결과를 보고—

오늘도 의로움은 졌다
실망의 그림자가 어른거려
"안 돼! 썩 물러가."
잘못된 교과서가 의로움의 눈읽기를 흩뜨려 놓았다
TV도 신문도 진실을 가리고 헛말만 되풀이했다
의로움이 번번이 이길 수 있는 새 세상을 꿈꾼다
외세와 보안법, 색깔론과 지방색이 사라지지 않는 한
새날은 열리지 않아
뒷산에 해가 지자 앞산에 달이 뜨거니
이 밤을 헤쳐 헌 세상을 짓부수고
새 세상을 열자

(1992. 12)

지도자

모래바닥 위에 집을 지으면
곧 무너진다
성을 쌓되
성터 천 자 밑부터 철옹성으로 다져야 한다
동서고금의 철리를 되씹고 곱삭여
민족과 민중의 오늘을 걱정할진대
피땀 흘려 일하는 형제들 속으로 뛰어들어야
뛰는 심장으로
한맺힌 앓음소리를 들어보라
그들에게 불칼이 내리꽂힐 때
선뜻 나서 심장으로 맞받아
철철 흐르는 선혈로 유언을 쓸지니
"형제들아, 철고리 뭉쳐 일떠서라, 진정한 삶을 향해."

(1990. 2)

자주세상

백두가 우랄보다 높아서 좋아라
천지는 속뜻이 깊어서 미덥구
금강 설악에 견줄 경관이 세계엔 없다네
아사달 할배님들 어여쁜 터전
새 자주세상은 열리느니

(1992. 6)

꽃은 왜 필까

맹춘
사립문 안 매화가 피지 않았던들
인동의 괴로움은 헛되었으리

오늘
나라 찢겨 반백 년
꽃은 왜 필까?
자연의 섭리,
제 멋에,
아니다
통일꾼의 괴로움을 덜어주기 위해서다

(1995. 11)

개 벽

휴화산이 활화산이 되고
맹눈물이 피눈물이 될 때
곤륜산맥은 천둥치며 뒤틀리고
태백산맥은 시뻘건 용암이 콸콸 뒤솟을지니
아, 그날
천지 선녀야
백록담 선남아

닭 울기 전 세 번 통곡해도 모자랄 터에
등 돌리기가 그 몇 번이더냐
닭 모가지가 비틀리운 채
검은 새벽만이 새카맣게 지새
피세월은 가고
피세월은 오고
광야에 백마를 탄 손님은
끝내 오지 않았다
끈질긴 목숨만이
저 하늘을 이고
이 땅을 딛고
수천 년을 내리

모질은 목숨으로 끈덕지게 살아올 수밖에

지금은 정녕
이십일세기가 밝아오는가
정겨운 형제들아
더운 가슴에 손을 얹고
제 대지 제 일터에
천년바위 우뚝 서야
식민지, 분단, 백 년을 헛살았거니
매찬 외풍은 막고 잘린 핏줄은 이어
남북의 함성
새벽을 열어젖히자

(1990. 7)

별 꿈

누가 굳이 애쓰지 않아도
별꿈은 끝내 빛나게 마련
애쓰면 더욱 금상첨화다

싸움판을 휘어잡은 우두머리가
재부를 쌓고 눈알을 부라리는 그 순간부터
부리는 자 부리우는 자의 아귀다툼은 싹텄다

1917년 10월
북극곰의 나라 사회주의 승리는 우렁찼건만
제도만 바꿔놓고
팔장 끼고 턱질하고 서성거렸을 뿐
인간개조도 정신혁명도 팽개쳐 버려
1991년 8월, 드디어
혁명의 겉옷은 찢겼다

──실은,
지각변동은 아니었다
다음날 아침도
해는 동쪽에서 떴고

지구는 돌았다

금강석도 갈고 닦아야 빛나는 법
만백성의 삶 속 깊숙이 파고들어 속속드리 갈고 닦아야

마침내,
민중의 천재가 끌어안는
인간해방의 별꿈이여

                    (1991. 9. 23)

미루나무

매화꽃 핀다는 이월 초승
길에 눈이파리 한 겹 살짝 깔린
어느 날 아침
서대문형무소 자리 독립공원, 그 이름도 저주로운 사형장
옆을 지나는데
황천문 바로 앞 두 아름도 넘는 미루나무 꼭대기에 까치
한 마리
까악까악
앗 그 넋이다
나는 발길을 멈추고
눈을 다시 떠 쳐다봤다

흰 수의를 입고 두 팔은 오랏줄에 꽁꽁 묶이고
손에는 수갑을 차고
머리엔 용수를 쓴 독립투사가
총칼에 떠밀려
터부적터부적 걸어온다
미루나무 앞에서 머무적이다가
벽력같이 외친다
"조선독립만세!"

느닷없는 만세 소리에
"꼬노 야로옷(이새끼)"
질겁한 발길질 총끝질
투사는 용수머리를 미루나무에 쾅 들이부딪치며
"독립만세 만세!"
연거푸 외치다가
황망히 죽임문 안으로 내던지운다

오, 캄캄한 오욕의 날
피역사의 증언자 미루나무
너를 붙안고 흐느낀다
식민과 분단의 피맺힌 단장사가 펼쳐져
만감이 가슴을 두다린다
까악 까악
저 목소리
저 눈빛
'뎅끼, 나라 잘려 반백 년이라니……'
꾸짖는다 나무란다
오늘, 통일의 힘은 용솟음치거니
서설…… 길조……

아, 어서 와다오
겨레의 봄이며
　　　　　　(1992. 4)

이조실록

야만의 불벼락은 멎었다
완전 파괴된 새 역사의 평양
부서지지 않은 건물은 탄흔 만신창이 단 두 채뿐
1954년, 폐허에도 새해는 밝아
재건의 우렁찬 진군 소리
국가재건회의장 분위기는 진지했다
"……다음은
이조실록을 우리말로 번역하는 안건입니다……"
"폐허의 무에서 재출발하는 마당에 이조실록 번역이 급
할까요?……"
"밥과 옷가지와 집이 더 시급합니다……"
"케케묵은 이조실록이 당장 밥이 되나요 돈이 되나
요?……"
"……"
"……"
"동무들, 우리 나라 왕조사와 민중사는 우차(牛車)의 쌍
바퀴입니다. 사람은 몸살과 마음살로 살아갑니다. 우리 민
족의 마음살을 살찌우지 않고서는 민족문화를 꽃피울 수 없
고 수천 년 내리 우리 민족을 괴롭혀 온 파렴치한 날강도
외적을 물리칠 수 없습니다. 깊이 생각하고 먼 앞날을 내다

봐야 합니다.……"

"……"

그날 밤 수상은 잠을 설쳤다

……그래도 해야지…… 암 해내야지…… 조상의 흥망성
쇠 실상을 알지 못하고서야……

숙고의 결정

"홍 선생(홍기문), 이조실록을 선생이 맡아서 번역하셔야
하겠는데……"

정인보 안재홍 등 수십 명의 학자들이 눈에 불꽃을 튀기
며 허리띠를 졸라매고 불가슴으로 달라붙었다

폐허에 뭇 꽃이 피기 시작

삼십여 성상

정성어린 각고의 땀방울

1988년 가을, 드디어

방대한 이조실록 사백 권 팔백팔십팔 책을 완역

큰 역사는 출간되었거니

그 이조실록이 삼팔 장벽을 뚫고

남으로 온다

온 겨레를 위해

전 세계를 향해
실록 국역본은 발언한다

(1991. 9)

홍 목사 법정발언

공산주의는 인도주의적이다
왜냐구? 노동자 농민 빈민을 위한다니 말이다
통일하는데 이념이 무슨 상관인가
동구에서 망한 것은 사회주의가 아니라 그 정권이다
예수의 생애는 곧 유태 민족의 통일운동이었다
통일 외에 무슨 할 일이 있겠는가

(1991. 5)

한상렬 목사 모두진술

나는 죄인이다

80년대 초 있지도 않은 내란음모 사건으로 갇혔을 때
나는 그 자리를 한시바삐 벗어나고 싶었다. 그 순간 내
인격은 산산조각 바스라지고 말았다

나는 죄인이다

전태일 김상진 박영진 김세진 조성만 박승희 등 할복 분
신 투신 자살한 열사들 앞에서 나는 죄인이다

나는 하나님 이름으로 단죄한다

지금 이 피고석에 서야 할 사람은 나 한상렬이 아니라 노
태우 씨다

(1991. 9)

고마운 외국 사람

88 올림픽 개최로 분단재미 톡톡히 봤것다

대한축구협회장:

"94 월드컵도 치르게 해주십사와……"

아벨란제 국제축구협회장:

"남북이 통일하고 신청하시라요. 그땐 쾌히 허락해 드리죠."

(1991. 2)

옛 통일스님
—민족 분단 51년을 맞아—

새해 새 아침 햇살이
속리산 천황봉에 돋았다
밑자락 그윽한 소나무 숲속
법주 도량에선
통일 기원 독경 소리 은은해

까마득한 옛날
신라 진흥왕 14년
서기 553년
애국, 佛氣 왕창한 義信祖師
"음—, 한핏줄 흰옷 겨레가 기백년간 셋으로 나뉘어 싸움
질하다니!"
분연, 속세를 등지고
속리산에 법주사를 열어
장할사 큰뜻
애오라지 삼국통일을 기원했다
천오백 년 시간의 터널을 뚫고
그날의 열원이 칠천 만 가슴을 울린다
그때는 삼국 정립 오백 년

오늘은 남북 분단 오십 년
그제나
이제나
한 쪽빛하늘 아래
한 삼천리 근역
형제 흩어짐은 애간장을 찢고 찢어
너 나 통일말곤
할말도
할일도 없거니
법주사 문전은,
나라 문전은,
먹자 놀자 속임질 도둑질 죽임질
돈맛 돈독에 인성도 도의도 나라 통일도 저버려
옛 통일스님은 이맛살을 찌푸린다

자, 오늘은
온 국토를, 저 寒天마저
칠천 만 통일 열기로 달구어 놓을 때

(1996년 새해에)

언덕의 깃발

어허, 백 년을 헛살았구나
식민지와 분단의 오염된 탁류에 밀려
내 고향은 허물어져 간다
조상의 오랜 유산은 가물가물
허덕이며 임종으로 내몰린다
저 얼룩덜룩 뻥끼칠한 스레트 지붕이
내 분노에 불을 당겨
구역질과 한숨이 절로 난다
향기롭던 내 고향은
넉넉하던 그 웃음은
훈훈하던 그 인정은
어데로 갔느냐
순돌이도 금순이도 떠나 버려
잡초 우거진 마당에
야윈 삽살이만이 컹컹 짖고
또 다른 골프장을 만드느라 핵기지를 세우느라 군용 비행
장을 닦노라
포크레인은 쿵쿵 밤을 지새워
코쟁이와 쪽발이와 배나간 사람들이 흘리는 부스럭 돈에
은숙이도 장섭이도 넋을 빼앗긴 채

히히덕 놀아나

놀고 보자

마시고 보자

음란과 패륜과 마약의 비디오 테이프는 사시장철 돌아간
다

무덤을 떠밀고 터져나오는

저 호령 소리

자, 그냥 바라볼 수만은 없지 않느냐

죽어가는 고향을 살려내자

반역의 동토를 뚫고 솟아오르는 새싹들의 힘찬 고동 소리

눈물겨워라

그윽하고 찬란해라

움트는 대순, 그 벅찬 숨소리가 아른아른 들려온다

이제, 봄이 선뜻 다가오듯

내 고향 언덕에도

새날의 함성이 터지고

민주와 통일의 새 깃발은

솟으리니

나부끼리니

(1990. 2)

관악산에 걸린 반달

가을 저물녘 골바람을 타고
황혼은 어슬렁 다가와
아들놈 저녁밥을 들고
함성이 잔 관악 캠퍼스 휘영청 넓은 길을 간다
웅장한 관악산 꼭대기에 산뜻한 상현달
가슴이 찌잉 멈춰 섰다
고향 뒷동산에도 걸려 있을 저 반달!
아득한 추억
어머님 손을 잡고 뒷동산 저 달을 쳐다봤지
지금 어머님도 저 얼게달을 쳐다보실 테지
불효자식을 못내 원망하며 그리워하며
나는 지금 외아들놈을 생각해 이 도시락을 들고 갑니다
어머님의 깊은 마음을 인제야 알았습니다 깨달았습니다
어머님!
하늘땅에 천만 번 호곡해도 소용없군요
저주받을 땅 지옥길 아우성
내일 다시 이 대학로에 함성이 터질 것이다
모레도 글피도
내가 어머님 손을 잡고 고향 뒷동산 저 반달을 쳐다보게
될 때까지   (1987. 10)

그날 새벽

새벽 세시
잠이 깼다
머리는 초롱초롱
더 자지질 않아
이리 뒤척 저리 뒤척
머얼리 옥방의 뒤척임 소리
   수경이 돌아온다
   서 의원의 방북
   남도 물난리
   전교조 농성
   ……
   ……
맹수의 핏발선 눈자위가 희번득
조종 산맥 부숴대는 굉음
겨레의 핏빛 앓음소리
어찌하여 너와 나는
세기의 맞선 절벽
비극의 정수리를 향해
바둥바둥 기어올라야만 하나
기어코

운명의 결전 너머 평화의 들판으로
우리는 날마다
초고압 전파로 새 역사를 세계에 송신하거니
시는 칼이요 훈풍이요
한복판을 당당히 뚫는다
골 속은 꿈의 격류
잠시, 상념을 새벽 하늘에 날리며
물통을 들고 약수터로 떠났다

(1988. 8)

필리핀의 봄

국방성 둘레를 백만 군중이 에워싸고 인간 바리케이드를 굳게 쳐 반정부 지휘부를 지키고 있었다

정부군 탱크 10여 대가 마구(魔口)를 쳐들고 서서히 굴러오기 시작했다

200m…… 100m…… 50m…… 40m…… 30m……

입을 시커멓게 벌린
저 기관포 아가리 아가리

새까만 법의에 하얀 미사수건을 쓴 수녀 30여 명이 손에 손잡고 어깨에 어깨 걸어
맨 앞줄에 일렬 횡대 철고리 끼고 나섰다

생, 사
화, 전
성, 패의 갈림길

탱크 부대는 자꾸자꾸 거리를 좁혀 온다

드릉 드드릉……

1초
2초
……

백만군중이 숨을 죽이고,
온 세계가 지켜보고,

천지벼락 직전
침묵의 무서움
초긴장 초팽창

……이때, 드디어
수녀들은 외치는구나

"당신들은 누구를 위해 총을 겨누는가"
　"저들(국방성을 가리키며)은 정의를 지키기 위해 일어섰
다. 당신들은 정의를 지키려는 저들에게 총을 쏠 것인가"

"당신들은 정의의 편인가, 아니면 마르코스의 사병인가"

천사들은 울음을 터뜨리며 병사들의 총부리를 맨손으로
막는다

이승과 저승의 갈림길
목숨의 싱갱이 40여 분
자, 보라
탱크 부대는 드디어 돌아서는구나

백만이 '하아……'
큰숨을 내쉰다
환호성 환호성

이날, 지휘관은
마르코스에게 보고했다
"차마 애국시민을 짓밟고 나아갈 수가 없어 그냥 되돌아
왔다"고

오호라!

광주항쟁 때
우리 병사들은
어떻게 했는가
어떻게 했는가

아, 부끄럽구나 부끄러워
동방예의지국의 후손됨이여
단군자손 흰옷 겨레의 한핏줄됨이여

1986년 2월 25일 밤 10시 5분!
마르코스는 야음을 틈타
말라카낭 궁을 빠져나갔다
10시 36분! 아나운서의 울음 섞인 목소리가 울려나왔다
"지금 국민 여러분은 민주주의가 다시 소생하는 소리를
듣고 있습니다"

쏟아져나온 마닐라 백만 시민은
환호의 태풍을 불렀다
수만 대의 자동차는
축하 경적을 울렸다

함성은 해조음마냥
밤 새는 줄도 모르고

'영원하라 필리핀이여!'
'마르코스는 도적이다!'

(1986. 2. 27. 독립문에서)

제2부
망향 思母恨

思母恨

서울의 지붕 백운대에서
내 고향 지붕 뽀로지로
단숨에 건너뛸
축지법을 익히랴
찬 하늘을 가르며
끼럭끼럭 북으로 날으는
저 새떼에 끼일
화안술(化雁術)을 배우랴

소자는 오늘도
흰 머리칼을 감아 쥐고
지축을 울려
몸부림치옵니다

허공은, 저리
허허 높을 뿐
메아리 없는
찢기운 산하

아, 시간은 잔인하구려

이팔 흑발이 고희 백발이라

어머님은
올해 아흔 고령
꿈에도 생각잖아요
돌아가셨다고는

어찌 돌아가시랴
청상 외아들을 만나지 않고서야

시간아
멎어 다오
되돌아가 다오

우리 어마이
아흔에서 여든 되고 일흔 되고 예순 되게시리
되돌아가 줘
되돌아가 줘

（1986. 8）

기다림

기다리다 못해
화석이 될까요
동방삭이 될까요
아무래도 내 육신이 원소로 분해돼
바람결에 날려가
어머님 탯속에서
다시 태어남을 받을 수밖에 없겠습니다

암스트롱이 달에서 전화를 걸어오던 날
사람들은 과학만세를 외쳤건만
나는 슬펐습니다
조국땅 바로 조긴데
어머님 목소리는
아무 전화통에도 들려오질 않았습니다
유황불 세월 속 십 년이 네 번이나 저며갔어도
어머님 안부는 감감이었습니다
웬일입니까 뉘 짓입니까
유독 우리 흰옷 겨레만이 혹독한 원죄값을 도맡아 치른단
말입니까
비단결 삼천리 한가슴에

쇠사슬을 치고 쇠벽을 쌓고
핵 자루를 휘둘러대는 낯선 이방인
예예 굽신굽신 창자 빠진 사람들
단군 할아버지의 가훈을 저버려
성현의 가르침도 법도도 저버려
요술 거울에 비치는 LA올림픽 '금' 소식보다도
푸른 산에 흰옷이 어른어른
귀에 익은 말소리 두런두런
눈물겨운 기다림만 지새

                              (1984. 8)

내 고향으로

나는 아침마다
고향 뒷산에 오른다
언덕을 넘고
숲길을 헤쳐
나무뿌리에 걷어채이고
엉덩방아도 찧으며
헐떡헐떡 올라간다
깜빡 정신이 들어……
여기는 분명
서울 서대문 밖 안산
자못 실망하지
안산 꼭대기 뻐덩바위가
고향 뽀로지 뿔바위와 석바꿔 숨바꼭질한다

종로행 버스를 타도
어린 날 고향길이……
검정 광목 책보를 끼고
아랫마을 냇가 돌바닥길을 타박타박 내려간다
돌물은 쏴랑 소랑 시원스레 흘러가고
옆산 뒷산에서는 소쩍소쩍 자꾸만 울어엔다

가리매고개엔 아침 해가
소고삐만큼이나 돋아 있다
저어기 아래켠에는
등짝에 책보를 질끈 동여맨 쪼무라기들이
올망졸망 앞서거니 뒷서거니
싯큰, 돌부리에 걸려 상체가 기우뚱
머리를 살레어
세종로 바닥으로 돌아온다
빨간 신호에 급정거하는 버스

구파발에서 백운대를 향해
터벅터벅 올라가면
고향 건넌산이 솟아온다
너른골이 열려 온다
지경장고개 서낭당 앵두나무가
알룩달룩 어른거린다
하얀 사기그릇을 차곡차곡 포개 담은 광주리를 목이 휘어
져라 이고
어머님은 고갯길을 바등바등 넘어가신다
가랑 사랑

졸졸 찰찰
퍼뜩 정신이 들어
북한산 골짜기에서
흰 거품을 뿜으며 흘러내리는 물소리
시냇가 얕으막한 물 속에 어른거리는 저 물모래……
그랬지, 어머님은 그때
다 퍼담은 물동이에 쪽박을 엎어놓고 허리를 구부려
가생이 해맑은 물모래를
조심조심 집게손가락에 받쳐 올려
쓱쓱 이를 닦으셨지

아, 어찌
다시 못 보고 눈을 감아
정겨운 고향길
어릴 적 친구들
날아가야지 삼팔선 상공을 넘어
저기 고향 산천이
신기루처럼 둥둥 떠오는구나

(1990. 11)

추석 회상

우리집은 산지기
추석이 다가오면
삼촌은 벌초에 바빴습니다
갈겨대는 낫 날에
마구 쓰러지던 풀대, 싸리순, 억새 이파리
내 고향은
지금은 갈 수 없는 지구 저편
함경도 산골 마을
추석날엔
대처 성묘객들이 한길을 메우고
산자락 못자리마다
흰옷이 희뜩거렸지요
무명 새옷을 갈아입고 어머니와 삼촌을 따라
정개골 할아버님 아버님 산소에 차례를 올리고 음복하던
추석명절
아래대 산주들이 내놓는 값비싼 제물들
인젠 애끓는 아득한 옛날
가슴 아프고 눈물겨워
어머님은 올해 아흔다섯이지요
불효자식은 말을 잃습니다

그저 북천을 향해 읍소하고
천지개벽만 기다립니다

(1991. 9)

다리를 혹사한다

오늘도 어머니가 주신 소중한 다리를 너무 혹사했습니다
안산을 돌고 독립공원을 누비고 당산에서 한겨레신문사
까지 걸었으니까요
한 달 경로 버스표 열두 장으로는 어림도 없어
무료 지하철만 타고 악써 걷지요
마른 다리로나마 맨날 떠날 것입니다
뿌리를 찾아
통일을 찾아
북한강 원류를 찾아 나섰다가 삼팔선이 막아 서면
석 달 열흘쯤 통곡할래요
백두산 천지까지 냅다 걸어야 할 대장정
백발 외아들이 백발 홀어머님을 껴안는 그날아

(1991. 10)

土末에서

북단으로 못 간 지 반백 년
에라, 차라리
내 정열은 남단으로 분류했다
나는 지금
남쪽 땅 끝 토말 달마산 벼랑에 섰다
눈앞은 망망대해
만고의 신비가 출렁댄다
인제 내 발로 더 걸어갈 뭍은 없다
땅 끝은 바다의 시작
바다 끝은……
아, 생각난다
56년 전 서호진 바닷가
"저 끝으로 가보고 싶어요!"
수정눈 갓 핀 해당화 소녀
갈매기, 돛배……
등 뒤 흥남비료공장에선
식민지 앓음소리
하여—
남북으로 찢겨 백발 세월
저 부숴지는 흰 거품

네 꿈의 파편을 어디서 줍으랴
땅 끝은 바다
바다 끝은 땅
지구 위에 끝은 없다
끝은 곧 또 다른 시작
나는 뒤돌아 달린다
북단을 향해
달림을 시작했다

(1995. 11)

馬羅島

북단에 못 갈 바에야 차라리
남단에 왔것다
바위병풍 철옹성으로 둘린
마라도
머언 하늘 밖
두만강 굽이도는 끝동네
내 고향 수라는 어디여
세상이 광란의 흑사병을 앓아
바다도 하늘도 캄캄한 북새통
날아 덮치는 스산한 아가리
햇덩이를 삼키던 날에도
살아 남은 외톨 막내둥이
뭍을 바라 어매를 부르던 가시내야
원혼 달래는
처녀사당에 바람이 운다
끝간 데 어디랑가
퍼런 이빨을 가는 괴물
온몸으로 물어뜯는다
하얀 꿈이 끊임없이 포효한다
막내가 입을 열 차례다

바위는 빠개지고 흰 거품마다 입이 벙거졌다
으앙, 철석 말문이 열렸다
우휘휘 원귀의 휘파람 소리
신기루 떠오르는 수라마을
원객은 한을 날린다
불을 댕긴다
하늘이 탄다
불소나기가 운다
꿈씨를 물고 쌍제비 날아간다

(1983. 5)

어느 날의 회상

이웃은 달나라로 이민갔다
쇠별 파편에 혹여 다치지나 않았는지

나 몰래 너 몰래
온 하늘을 빙빙 돌아
지구촌 구석구석 샅샅이 사진 찍어 갔다구

간밤
내 숨소리도 담아갔을 거다

우린야, 땅 위
코앞 일만도 등심 진이 빠진다
나랏몸 한허리 생피 흘러
엎뎌 통곡할 겨를도 없구나

벗겨진 짚세기짝 저만치 밀려났다
목이 탄다
눈물이라도 마실 거나
그 누구 내 등덜미를 눌러

쇠붙이 천재들인가
석유방울 마술사들인가

쇠별아 너 그 놀라운 재주
삼팔선 X레이 천연색 사진일랑
지구촌 동네방네 흩뿌려다오
어느 막바지
돌배나무 푸른 넋에 그늘진 옛집
지붕만이라도 찍어다 주렴
진달래밭에 피를 토하던
뒷동산 두견새 울음아
내 주름살 백발 사진은
맞바람에 잉잉 소년을 부르는 동구 밖 미루나무 가지에
덩실 걸어 주구

길거리엔 근사한 허울들 땅바닥을 긴다
로보트란 놈 아귓심 좋구나
골통마다 댕강댕강 끄집어들어
네모 쇠상자에 처박는다

두부모처럼 흐들흐들
네모져 가는 미이라

희한타 남들은 별을 낚아도
제 발등 불을 못 꺼
아니다
얼음장 밑엔
봄이 와 있었다
소낙비 지나간 산천에
푸른 이야기들이여

몇 시냐

머리맡에 엎어놓은 청사진
새벽의 부활 마침내 잠 깨어
종소리보다 먼저 퍼지는 기지개 파문이여

(1988. 9)

남매의 약속

견우 직녀는
칠월 칠석날
은하수 오작교에서 만나
한을 풀었다
남북 오누이는
매달 보름날 저녁
남과 북에서
둥근 달을 바라보며
그리움을 달래자고

견우 직녀는
오랜 눈물의 전설
남북 남매는
분단 피눈물의 사연
사십 성상 단장의 잉태 기간

남매의 이산만이 아녀
온 겨레의 허망한 이산
엄숙한,
절박한,

민족 대비운 앞에
전대미문 역사 상황에 갇혀

칠천 만은
통일을 향해
자결 직전의 심정으로
떨쳐 일어나야

(1985. 10)

나는 간다

역마다 백두산표를 안 팔아
나만 미쳤다고 쑥떡인다
과연 누가 미쳤나
흑발이 백발이 되도록
귀향표를 살려는 놈이 미쳤나
기어이 못 팔게 하는 놈이 미쳤나
그럼, 나는 간다
미풍 같은 요통엔 뻔질나게 병원을 드나들어도
조국의 허리통엔 반백 년 동안 줄곧 칼질만 해대는
저놈을 메다꼰지고
걸어서라도 날아서라도
내 고향이 옛날처럼 날 알아보게시리
하얀 머리는 까맣게 물들이고
얼굴 주름은 펴고
아리고 찢어지는 가슴 쓰다듬으며 나는 간다
걸어서라도 날아서라도

                              (1992. 11)

세월은 저 혼자

장안 거리에 데모대 물결과 최루탄 가스가 자욱하던 다음 날 아침

지하철 3호선 차내

옆사람은 고 박종철 군 추모회 차단기사를 읽고 있었고 맞은편 두 벙어리 처녀는 열심히 수화를 주고받고 있었습니다.

나는 손수건으로 쉴 새 없이 눈물을 훔치며 읽어 내려갔습니다.

남북적십자회담 때입니다. 북쪽에서 온 기자들이 탄 버스가 퇴계로를 달리고 있었습니다. 어머님, 그때 제가 먼발치에서 그 손님들이 지나가는 모습을 바라보고 얼마나 울었는지 아십니까. 그 사람들은 그저 지나쳐갔습니다만, 어머님 옷자락이라도 스치는 듯한 이상한 반가움 때문에 알 수 없는 눈물이 자꾸만 흘렀습니다. 어머님이 계시는 하늘 아래에서 왔다는 그 사실만으로도 그 손님들은 저에게 커다란 감격이었습니다……

나는 흐느낌 소리를 내지 않으려고 입술에 힘을 주어 입을 다물었습니다.

김규동 선생의 신간 수필집 『어머님전 상서』를 읽고 있었습니다.

그 절절한 사연은 바로 나 자신, 아니 온 이산가족의 사연이 아니겠습니까.

대부분 승객들은 내 눈물을 눈치채지 못했을 것이고 설령 눈치챘더라도 그 이유를 알 리 없지요

읽어 내려갈수록 목이 메고 가슴이 빠개질 뿐이었습니다.

우리 어머님은 올해로 아흔하나이십니다.

사십여 년간 생사도 소식도 모르다니, 세상천지 이런 참변이 또 어디 있습니까

그리움과

한숨과

눈물과

원한과

몸부림으로

아로새겨진 세월이었습니다 형틀이었습니다

天刑인가요

人刑인가요

동서고금 언제 어디서 이런 일이 있었습니까

아마 먼 훗날에도 분명 없을 겁니다

前無

後無

言絶

筆絶

꿈인지 생시인지 지옥인지 분간이 안 갑니다 상상이 미치
지 않습니다

그래도 세월은 저 혼자 저만치서

權과

慾과

富를 누리며 흥얼흥얼 누리며

아랑곳없이 모르는 척 그저 흘러만 가더군요

도대체

사람의 힘으로 풀 수 있는 일을

왜 사람이 풀지 않습니까 변명과 구실만 요란할 뿐

왜, 왠가요?

남은 허구한 날 이렇게 흐느끼는데

온 강산은 저렇듯 뜬눈으로 피울음 우는데……

(1987. 2)

幽明의 만남

내 눈동자야!
살아만 있어다오

백발 할머니는 허위허위
LA 교외 '정복의 언덕'에 올랐다
태평양 너머 저 멀리
아득한 하늘 밑
희스무레 하늘하늘
백두 천지가 꿈속처럼 아물거려
검은 교복의 하얀 얼굴이 천지 물결 위에 솟아오른다
"대용아아—"

정말
날아든 아들의 편지와 사진
"어머님, 이 불효자식은……"
어머니는 꿈만 같아
"네가! 네가!……"

아들을 찾아갈 채비를 서둘다
이행옥 할머니는 그여이 쓰러지고 말았다

지구 저편에서 날아온 반백의 아들
"흑흑, 어머님 제가 왔습니다 대용이 왔습니다……"
싸늘한 어머님 얼굴에 볼을 비벼
한뉘 고인 피눈물을 쏟았다

(1991. 8)

제3부
凍土의 시련

如意刀
―군사독재의 악수―

쥐구멍까지 번뜩여대

찢고

쫓고

몰아

안 걸리는 게 없구나

톱밥에서 개떡을 빚었다

천국에서 악덕극을 엮었다

천안삼거리 흥타령에 맞추어 춤추다가도

금세 초전박살로 휘둘러댄다

젖을 빨다가 쌔근쌔근 잠들어 버린 갓난아기의 능금뺨을

비비다가도 말이다

여의도는 놀랍다

만유의 존재질서를 반죽해

고문대에서 죄를 빚는다

뙈논에 연병장을 연다

허리통엔 아케롱 강*을 파고

(1987. 1)

* 건너면 지옥으로 간다는 전설의 강

전환기
―탄압에 맞선 학생 데모―

지구를 멈추어라
현실을 체포하라
강산을 짓이겨
역사를 목졸라

맨살로 드러난 새빨간 심장에
비수를 꽂아

아, 목놓아 까무라친다
눈물방울마다 돋아 서는
새파란 날
동산 머리 핏발선 사자구름*
밝은 기억을 지우고
피멍든 햇덩이가 솟는다

그래도
지구는 도는가

새벽닭 우는 소리

굴뚝에선 쉬엄쉬엄 연기가 오르고
토종 호랑이들의 포효가
쩌렁쩌렁 삼천리 아침을 울린다
조국의 가슴에 활활 타는 불길
용틀임치는 도도한 강물
가슴속 깊은 골짝
강도 높은 노여움의 화산이 터졌다
지축을 눌러 디딘 한 목청
새날을 여는 천하의 순간이여

(1986. 2)

* 저승귀신

獨白
—독재에 짓밟히는 캠퍼스 풍경—

진종일
잔디밭을 갈아 앉으며
쑥덕거리고
흥얼대는
저 사람들은 누구요?
우리들은
어깨에 힘을 넣고
이를 갈며 뚜벅뚜벅 가지요

종이쪽지가 날고
애띤 목청이 울리면
최루탄을 터뜨리며
후닥닥 돌진해 온다

어릴 적
마을 사람들이 미친 개를 때려잡던 광경이 재현되지요

천하 명문에 붙었다고 가문이 들썽거리던 친구들이
양 팔뚝을 잡히고 총 끝에 떠밀려

교문 밖으로 사라집니다

이웃 나라 어느 대학총장의 취임사가 그립게 생각납니다
"경찰이 캠퍼스 안에 단 한 명이라도 얼씬대면 나는 그만
둡니다."

경찰이 상주하는 캠퍼스를 어둠이 감싸주면
관악은 우중충 내려다보고
벗들은 꿈을 잉태합니다

(1983. 10)

오늘

해는 서천에서 뜰 게다
물은 산꼭뒤로 흐를 게다

요즘쯤이면—
으레 그러려니 지레 맘 먹고 안산에 오르는 아침
헌데 이건 웬일
해는 의연 등뒤 동천에서 뜨고
한강물은 바다 쪽으로 흘렀다
개벽의 침묵을 깬 인왕산 선바우
산천을 뒤흔드는 발굴음 소리
무덤마다 터져나오는 호령 소리
미거한 후손아 모조리 짓부쉈구나
전산 솜씨로 길들여진 백정세상
된주릴 앵겨
꽃목숨 앗아
병신 맹글어
지혜의 샘은 말릴 수 없거니
제 배를 제 손으로 가르고 제 몸에 기름을 부어 불을 달고
갔어
부활했어

같은 하늘 아래
오천 년 만의 오늘이여

(1985. 10)

강물이오 새싹이오

강물은 낮은 데로 흐르고 새싹은 봄들에 돋아나게 마련입
니다
강물을 막으면 넘치고 새싹을 자르면 봄들은 죽습니다
강물의 흐름도 새싹의 돋음도 진리
학생은 진리를 탐구합니다
학생은 강물이오 새싹이오
그 누구도
강물을 막을 수 없습니다
새싹을 자를 수 없습니다

총칼로 강물을 막고 새싹을 자르는 역천이여

(1986. 12)

血訴

월남이 남과 북으로 대치해
한창 싸울 때
우국 스님 아홉 명이, 잇따라
분신 자살을 하더니
미군은 마침내 떠나고
월남은 통일이 되었다

우리 나라는
1989년 4월 25일 현재
분신 자살자의 수가
무려 마흔네 명이나 되건만
통일은 아직 요원할 뿐
미군은 안방 깊숙이 들어앉아
"북쪽이 오판하고 남침할까 봐 안 나간다"고
공언한다

월남 분신자는
한결같이 깡마른 노승으로
네거리에 정좌하고
고요히 분신했다

우리의 분신자는
모두 꽃다운 학생이거나 젊은 운전기사 또는 노동자로
몸에 불을 달고는
80여 미터나 외치며 뛰기까지 했다
세상에 이런 일도 있다니!
처절의 극치
비극의 절정
골고다의 청년보다도 더했다
하건만,
이 땅 웃어른들은 눈썹 한 가닥 까딱하지 않았다
기껏 한다는 소리다
"생명을 경시하지 말거라."
"그런다고 일이 해결되나?"

항간의 한낱 필부일지라도
악정을 향해
손가락을 잘라 혈서 탄원을 했다고 하자
치자는 응당 화들짝 놀라
깊이 반성하고 방향타를 고쳐 잡아야 하지 않겠는가
하물며,

고귀하고 거룩한 애띤 생명이 하나 둘도 아닌
마흔넷씩이나
목숨을 초개같이 불살라
'반외세'
'민주화'
'통일'을 호소했건만
끝내 메아리 없는 무주공산(無主空山)
아, 잔인한 세월만 흘러

(1989. 4)

憤怒

세상천지 이런 변이
제 몸에 기름을 뿌리고
스스로 불을 지르다니
지글지글 타는
네 불꽃이 남긴
계명

귀먹은 자는 귀가 뚫려야
눈먼 자는 눈이 뜨여야
입다문 자는 입을 열어야

삶과 죽음의 갈림길이
저리도 처절 찬란할 수야

산새도
풀벌레도
소리 죽여 머리를 숙였다

슬픔
통곡

분노

드디어,
산악은 호령호령 내달리고
강물은 부글부글 끓어올라

조국의 하늘에 태양이 붉게 타고
너희 혼으로 수놓은 무지갯발이
천지에서 백록담에
어여삐 치솟아 걸치려니

(1985. 12)

마지막 凍土

한가슴이 갈갈이 찢어진다

독일을 보라
예멘을 보라
월남을 보라

남들은 저렇듯 서둘러
하나로 돌아가는데
우리만 유독 분단 동토로 남아

입만 벙긋하면
용공이다
좌경이다
반체제다
싯퍼런 칼날을 들이대

사회주의 나라와 외교를 터도
반공 악법은 서슬이 퍼래
동족 형제는 원수로 다스리고
백년 앙숙엔 친구로 다가가

군사 쿠데타가 오늘을 낳았거니

아직 늦진 않았어

마음을 비워

민의를 좇아

천리를 따라

천하 악법은 없애야

참 민주주의를 펼쳐야

부끄러워

지구상에 단 하나로 남은 분단과 반공의 나라

천하의 수치

어서 내 정신에 돌아와

옭죔은 풀고

옥문은 열고

인심은 천심, 당장

분단 장벽을 부수어

육천 만 형제가 얼싸안자

베를린 장벽이 무너지는 소리

삼팔 장벽이 부서지는 환호성　　　　　　　　　　(1990. 6)

다시 시작

동 서 남 북 어디를 봐도
구정물 문화가 판을 쳐
곱디고운 아들딸들은 썩어간다
누가 이 지경으로 떨어뜨렸는가
탄식만 하고 있을 때가 아녀
원흉은 누구냐
꽃봉오리들이 모조리 뉴키즈가 됐을 때
철망차가 쓸모없다는
역리에 미소 짓는 자
세계에 벌린 오염의 아가리
언론도 TV도 부추기고 선정하고
미니스커트 미인을 향해
돌진하는 성 소동
육욕이 최고 만족으로 군림
참 말 참 글은 외면당한 오늘
춤추는 낮도깨비들
시인을 교살했다
무너진 고향
문들어진 거리
허나, 땀흘려 일하는 불끈 쥔

주먹들은 건재하다

자, 여기서

역사는 다시 시작돼야 한다

(1992. 11)

격동의 세월

광기의 일본 제국주의
우리말과 글마저 학살했다
팔일오의 감격
육이오의 쓰라림
사일구의 함성
오일육의 반역
남정현은 「분지」로
외세, 넌 뭐냐고 대들었다
김지하는 「오적」으로
독재, 넌 뭐냐고 욕했다
전태일은 제 몸을 불살라
김상진은 제 배를 갈라
군인 독재에 맞섰다
1979년 부마의 불기둥
1980년 광주의 용광로
1987년 여름은 이글이글 역사를 달구어
육이구의 김빼기 쿠데타
칠칠선언으로 쏟아진 북한 원전
남북합의서에도 아랑곳없이
북녘 목조이기만 거든다

통일은 무한 세월로 밀려

자, 그럼 우리는

(1993. 6)

1984년에 왔다
─조지 오웰의 『1984년』과 관련하여─

영하 오십칠도 살인 한파는 울부짖는다

암매장 공중분해 원귀의 휘파람 소리

백주 폭탄차가 붕 돌진해 온다

관청 앞마다 전자 바리케이트를 쳤다

로보트도 방탄조끼로 무장

살인광선이 섬찍 연구실을 나선다

핵상자를 훔쳐다 놓고 갱단은 공갈 무전을 쏘아온다

입씨름에도 미사일이 나른다

에베레스트에 오른들 뭣하랴 일은 대기권 밖에서 저질러

지는 걸

힘으로 하늘을 뚫잔다

돈으로 태양을 딴다 바둥거려

지구덩이는 핵보라 속 요지경

동키호테 손자들을 빰쳐먹는다

재판정에서 애비와 아들이 멱살을 잡는다

입 맞추고 목졸라 핸드백을 뺏는 애인

은행 돈이 허풍사니 사타구니에 쏟아진다

땅에 하늘에 비탄이 터져

혈육을 못 만난 눈물의 한평생

형제가 총끝을 맞댄 단장의 사십 년
현실에 참패한 픽션
픽션을 제압한 현실
인류의 양심에 핵 경종이 울려오는 새벽
대륙간 탄도탄아
탐욕을 쏘아 부숴라
희망만 날라라 희망만

(1984. 1)

유서 일기
—부산 대봉 권미경(22) 양을 추도해—

일기(1991년 10월 11일)

노동강도가 갈수록 더 심해져 간다…… 인간이 이토록 비인간화되어 갈 수 있다니…… 요즘은 몸이 정신을 전혀 뒷받침해 주지 못한다…… 사람이 일을 그렇게 죽으라고 하는데 멀쩡하면 어디 사람인가 기계지. 언제까지 자본의 지배논리 속에 이렇게 억눌리며 살아야 하는 걸까……

유서(1991년 12월 6일)

사랑하는 나의 형제들이여, 나를 이 차가운 억압의 땅에 묻지 말고 그대들 가슴에 묻어 주오. 그때만이 비로소 우리는 완전히 하나가 될 수 있으리. 인간답게 살고 싶었습니다. 더 이상 우리를 억압하지 말라. 내 이름은 공순이가 아니고 미경이다(팔꿈치 안쪽에 검은 볼펜으로 썼음)

(1991. 12)

世宗路

거짓말이다
약자만 운다는 것은.
칼을 가는 의지자의 울음
연인들이 겉살을 비빌 때
투혼은 암야를 가른다
순풍과 역풍이 부딪는 천둥소리
한강을 손바닥으로 막는 아우성
참 지성은 명치를 받혀 산산조각난다
저무는 세종로 거리
이방 록키 말은 앞발을 든 채 눌러앉았다
두 얼굴 사내는 마침내 넥타이를 풀어
아우성이 자지러진다
샛별은 언제쯤 뜰까
큰눈 부릅뜨고 소소 하계를 굽어보는
북악
늠실늠실 푸른 역사가 용솟음치는
한강

    (1989. 7)

혀끝 말

"지난 겨울 우리 대한민국에 눈이 한 송이도 안 내린 것과 마찬가지로 지금 정치범은 한 사람도 없습니다"

대통령이 이렇게 당당히 언명한 순간부터

전 미국 병원 이비인후과는 개벽 이래 최대의 혼란이 벌어졌다. 2억 인구가 앞을 다투어 청각검사를 받고자 몰려들었기 때문이다

사흘 후, 대통령은 서독에 도착 똑같은 표정 똑같은 말씨 똑같은 내용으로 연설했다

"……감사합니다"는 마지막 인사가 끝나자

서독 정부 '신상명세조사국'의 백 개의 전화통은 일시에 불이 붙기 시작했다

4천만 서독 국민이 일제히 다음과 같은 문의전화를 걸어왔기 때문이다

"대한민국 대통령의 낯가죽 두께가 몇 센티인가요?"

같은 시각에 우리 기상대장은 세계기상기구 총재로부터 톡톡한 꾸지람을 들어야 했다

"뭐, 적설량이 1미터라구? 여보슈, 엉터리 보고 작작 해요. 그게 다 역사적 기록잉께"

(1990. 2)

개미왕국
—군사독재 밑에서—

입딱지 뻥끗 마라
개미들은 자갈이 물렸다
단 한 마디
"예, 예."
딴 말은 안 돼
일개미들은 코가 예민하다는 이유로
미각 제거수술을 받았다
너희 목은 가늘어 벨 때 힘이 덜 들거든
눈 딱 감고 귀 꽉 막고 일, 일, 일만 해
뒤도 앞도 보들 말고 생각도 마
뼈 빠지도록 묵묵 일만 하란 말여

(1987. 12)

골 프

강산의 비단살을 마구 부숴 갈아엎는다
놀란 새들
찌를 갈기고 날아간다
농사꾼 목에서 피가 터져도 .
하얀 공이 잔디밭을 날아 마술구멍에 숨을 때마다
잔잔한 밀담의 선율

아래대에서는 자지러지는 아우성
최루탄이 터지고 화염병이 날아
경찰 총알에 쓰러진 예비 박사의 죽음
고문실의 비명 분신하는 처절
사십 년을 갇힌 애국투사들의 부릅뜸
고향이 무너지는 신음소리

아랑곳없다
배통 나간 느긋한 걸음거리
잔디밭에서 비계땀을 닦는다
굳게 닫힌 밀담문
검은 음모가 잉태한다

(1991. 9)

블랙리스트

사람 마음을 끌어 잡을 자신이 없어
애당초 정공법을 버렸다
사시장철 무시로
블랙리스트의 매서운 눈총을 쏴
생판 잘못된 잣대로 사람을 재고 옭매고
고작 요따위 짓거리냐 혈세는 분노한다
블랙리스트, 보안법, 최루탄, 쇠파이프, 철창, 고문
실……
파르르, 심장을 저미며 새싹을 잘라
뿌리도 명색도 없어 오직 딴 힘에 기댈 뿐
옳지 않곤
폭압 말곤
뾰족한 도리가 없는 검은 시궁창

(1991.9)

국방비

불은 끄고 싸움은 말리랬다

남북 형제가
합동이다, 단일이다, 교류다, 화합이다, 통일이다,
한창 가슴이 부풀어오르는
화해의 마당에
남들은 군함을 부수어 호미를 만드는
평화의 날에
다음해 국방비가 올해보다 일조 원이나 불어난 팔조팔천
억 원이라니
야하, 반공 이데올로기가 튀기는
찬물 주판알
누구를 겨냥한 국방비인가
가슴만 어두워져

지축을 멈추우고, 한강을 북악으로 역류시킬 힘은
이 세상엔 없거니
남누리 북누리는
왈칵 손을 잡아야 한다
국방비는 영으로 마감하고

화는 풀고 먹살은 놓으랬다

(1991. 9)

差異

민중주의 당장 목표는
비둘기호를 새마을호 수준까지 끌어올리자는 데 있다
자본주의는 그 차이를
그대로 유지할 수밖에 없는 운명에 얽매어 있다

재벌 사장이 관광길에
산 곰의 쓸개즙을 뽑아 마시며 정력 불리기에 열을 올리
는 바로 그 순간에
가난한 아버지 어머니는
어린 삼남매를 판잣집 누더기방에 버려 둔 채
밖에서 자물쇠를 잠그고 맞벌이를 나가야 했다
그 새, 철부지들은 불장난을 하다가 타죽고 말았다

자본주의는 돈벌이에 약삭빠르다
민중주의는 돈벌이가 서툴 수밖에 없는 운명
공부 잘하던 학생이 사회활동에서는 뒤진다는 통념
공부도 잘하고 돈벌이도 잘하는 새 세상을 그려본다

(1992. 6)

외동딸

여기가 워디라오?
나 좀 보드라고 옥분이라칸 가시내 못 봤당가?
얼레 누구라 눈썹 하나 까딱 안 혀
하마 무신 저리 바빠들싸아
환한 꽃창문마다 고 또래 웃음소리가 삐져 나왔다
이리 기웃 저리 기웃
이 문 밀치고 저 문 제끼고
손끝이 떨렸다
얼굴이 화끈했다
웬 맨살바람 말 같은 가시내들여
가슴이 철렁
하나같이 앵도볼에 도깝눈이라
무신 헛웃음만 하드라지노
옥분이년 올 덴 못뎌
장성댁은 세멘봉당에 풀썩 주저앉았다
서울바닥을 헤매기 사흘째
옥수수 보자기는 쭈구러들어
코안이 시큰 눈물이 핑 돌았다
손바닥만한 터밭에
고추, 모는 꽂아 놨것다

삶은 옥수수 챙겨 들고
에라 큰맘 먹고 힝 떠나온 길
외동딸 찾아
'내가 미쳤쩨 바람결에 묻어 온 뜬소문에……'
휘영청집이 한두 채 간디
워디가 워디여 기가 긴디
웃음 판단 기집앤 옥분일라구?
앙, 안 믿겨어
치마 저고리 토종 딸년덜
몽땅 뒈져 삐렸댜?
어늬 나라여
빳빳한 청바지 사내년만 득실대
뭔놈 찬 저리도 많뎌
눈설은 빵빵차 물결
나 같은 무지렁이야 빠져나갈 바늘구멍도 없당께
내 죄라모온 가난과
낯짝 반반한 널 낳아 준 것뿐인디
어디 봐라 내 딸 꼬셔간 세상놈
옥분아!
옥분아!   (1983. 1)

민중항쟁의 성지

그해 오월
생목숨을 내놓는 광주항쟁 보도에
서울 뒷골목 외진 방에서
나는 두 주먹을 불끈 쥐고
감격의 파도에 휘말려
'그래 그거다! 나도 고향엘 간다!'를 되뇌이며
안절부절했다
그러나 통, 시 한 줄도 쓸 수가 없었다
그 자체가 비장, 위대한 시인데
내가 감히 또 무슨 사족을 붙이랴
서울이든 부산이든 맞받아 호응해 주었으면 하는 안타까
운 기대에 가슴을 죄어
'잔소리 마라, 네 자신은 뭘 했노'
광기의 진압군은 광주를 무차별 난도질
피바다를 만들어
최악의 군인지배는 태어나고 말았다
허나, 영웅적 광주항쟁은
겨레에게 굳건한 해방투쟁의 의지를 심어 주었다
그후, 매일같이 벌어진 학생데모 데모
저, 장엄한 유월항쟁을 거쳐

오늘 광주의 영웅들은
겨레의 민주광장에 기어이 부활했다

멀리 갑오년엔
전라도 농민들의 죽창이
봉건 양반과 외세의 검은 뱃속을 찔렀다
가까이는 광주 선열과 투사들이 '일제타도', '독립만세'
를 외쳐
서슬 푸른 왜놈들을 벌벌 떨게 했거니
오월항쟁에서
광주는 또 한 번
반독재 반외세 민주화 자주통일의 선봉에 우뚝 솟았다
아, 광주는
진정, 민중항쟁의 성지다
11년 전 감격에 새삼 가슴이 설레인다
끝내, 독재자와 외세를 몰아내고
무등산에서 북쪽 내 고향 뽀로지 꼭대기로
단숨에 성큼 건너뛰어
'해방 만세!'
'통일 만세!'

116

미친 듯이 목터져라 외쳐댈
그날을 그려본다 그려본다
아, 꿈 같은 그날이여!

(1991. 3)

肉의 辯

전 알았어요 사람들이 벼슬자리와 황금덩이를 악착같이 탐내는 이유를, 그건 단순하고 명료해요

성미대로 로열컵을 쪽쪽 드시려는 거예요. 로열컵이 뭔가고요? 네, 잠깐 계셔요

전 이 나라에서 야단스레 떠들어대는 일등 미인이야요 양귀비예요. 제가요 알몸으로 두 다리를 쪼옥 뻗고 발딱 눕지요. 물 좋은 거기에 대고 한잔 한잔 따르죠. 그제부터 아 그이들의 환락의 왕국은 열리는 거애요

한 잔에 얼마인가고요? 일급 삼백만 원 정. 제 국적도 묻는군요. 네 국적은 유곽왕국이옵니더 예.

(1986. 7)

118

利子와 가난

나와 너의 가난한 지갑에서 털려나간 이잣돈을 먹고
저렇듯 눈부시게 살쪄간다
네거리 금방석 노른자위 땅마다
겁나게 치솟는 빌딩群
돈놀음의 복마전
은행
보험회사
증권거래소
서울의 소공동에서
동경의 마루노우찌(丸之內)에서
뉴욕의 월街에서
그 돈창구 앞에 10분만 서 보라
헐레벌떡 줄을 잇는 이잣돈의 장사진
우리 지하철 이자만도 하루 자그마치 10억이라
네가 창백한 詩句놀이를 일삼을 때
거대한 황금 아가리는
너를 통째로 삼켜 간다

그러께 겨울은
『論衡』을 번역하며

'오늘 몇 장 했지? 몇 장을 더 써야 이 달 이자를 물지?'

숨찬 강박감에 목 졸리워

지난 겨울은

『시인의 고향』을 쓰며

'이게 빨리 책으로 나와야 이자도 내고 원금도 좀 끌 텐데……'

애태움으로 지냈다

아내는 당장 저녁쌀이 없드라도

"이자만은 내야 한다"고 한숨이다

목구멍에 가시가 돋힐 뿐

말문이 열리질 않았다

'땟거리가 없어도 이자를 내야 한다'

이 눈물겨운 沒我의 미덕은 오랜 조상 때부터 물려받아 내려오는 이 땅 가난한 백성들의 피할 수 없었던 운명

이자는 가난의 올가미

그 올가미를 스스로 달게 받아 쓰지 않고서는 살아갈 수 없었던 대를 이은

굴종의 역사

이잣날은 원금날은 바작바작

공룡의 아가리

목이 짓눌리고 피가 마른다
고희에 수입도 빛낼 자리도 없어
자, 어찌할 건가
지쳐 죽을 건가
이를 악물고 살을 건가
꼭 백 번쯤 되살아 남아
이윤 계산에 빈틈없는
국제자본 너 요술宮을 조준해
내 배고픈 시는 돌진하리라

(1987.2)

로얄티

선진 자본의 돈벌이 첨병
후진국 숨통을 죄는 여의주
횡포는 무소불위 귀걸이 코걸이다
가령, H_2O 발명권을 가졌다고 치자
H자나 O자가 낀 후진국 모든 개발품에 대해
저작권 시비를 걸어
나라 허리가 휘는 배상금을 강요한다

선진을 빙자한 강도질
약자는 후진에 영원히 묶어 두려는 수작

(1996. 5)

전태일
—그의 분신 20주년에—

세상 사람들이 입 모아
너를 기렸건만
모자란다
숱한 글들이 소리 높여
너를 칭송했건만
모자란다

그때 너는
스물둘 꽃나이였지

네 이름을 부르면
백발 나는 부끄러워
몸 둘 바를 모른단다

그 총명
그 결단
그 용기
아, 애닯고도 장엄한
노동해방의 불꽃

형제의 가슴에 길이 살아남은
불멸의 영혼이여

(1990. 11)

구국의 외침
—김세진·이재호 분신 5주년에—

세진아, 재호야
너희들이 애통하게 처절하게 부활한 지도
벌써 5년이구나
서슬이 퍼렇고 독기 서린 독재의 콧대 앞에서
그 꽃나이에 불을 달고
"반전 반핵! 양키여 물러가라!"고 외쳤다
정의롭고 대담무쌍한 발언
겨레 살리려는 구원의 목소리였다
늬들의 몸이 새빨갛게 타들어갈 때
너희 부모님의 애간장은 캄캄하게 무너졌고
온 국민의 가슴팍도 자글자글 탔다
그러나, 독재자들은 눈썹 한 가닥 까딱하지 않았다
하늘이 내려앉은 다음날
이 늙은이도 비통한 마음을 가눌 길이 없어
너희가 처절히 누운 병원을 찾아
슬프고 부끄러워했지
할복 분신 투신 피살된 열사가 무려 118명에 이르건만
동족애를 팽개친 무리들은
'해봐라, 바위에 계란 던지기여' 다

너희의 장엄한 부활이
다음해 6월항쟁을 이끌어냈고
오늘 또다시
강경대 군의 죽임에 맞서
온 국민은 구국의 불길을 댕겼다
미군은 2,000년대에도 남겠다지만
너희 외침은 굳건히 부활해
청사와 더불어 길이 빛날지니

(1991. 5)

어린 성자
―역사는 1989년 5월 15일
조성만의 해방춤을 잊지 않으리―

눈물이요
꽃이요
어린 성자요
스물셋 어린 나이에 삶을 마감하는 유서를 써 들고
온 종일 '양심수 석방 마당놀이'를 했다
"외세를 반대한다!"
"독재를 타도하자!"
"민주화와 통일을 이룩하자!"
환한 얼굴 웃음을 머금고 조국 하늘에 영생화를 날리며
너울너울 해방춤을 추었다

미련도
후회도
주저도 없이
칼로 배를 가르고
옥상에서 몸을 던졌다
골고다의 언덕을 넘어
겨레와 역사 앞에 영원히 부활한 어린 성자

아, 조성만!

(1991. 5. 15. 그의 2주기에)

제4부
회고와 전망

殘骸

망각해선 안 돼!
어찌 잊히랴
희대의 침략사
요새 아침마다
일본 제국주의 잔해를 둘러본다
여기 벽돌담과
저기 독립문과
짓궂은 역사의 아이러니
현저동 101번지 서대문형무소 자리
세 길도 넘는 우중충하고 으시시한 벽돌담장을 돌아
담 안으로 들어선다
원한의 복마전이 헐렸다
중앙 부채살 모양 여섯 동만 묵묵히 남았다
너절히 흩어진 벽돌조각, 〈서대문형무소〉, 〈조선총독부〉
간판 조각, 찢겨진 일장기, 부러진 일본도, 독립운동 재판
기록, 사형집행일지, 황국신민서사, 천황교육칙어, 내선일
체론, 동양척식회사 소유권 따위가
　먼지와 흙을 뒤집어쓴 채
　지저분하게 널려 있었다
　구석진 으슥한 곳엔

원부의 과녁 사형장이 음침하니 웅크리고
미루나무 한 그루가 청청 높이 솟아
독립투사들의 부릅뜬 눈망울이 연달아 스쳤다
인왕산도 물러앉을 호령 소리가 쩡쩡 울렸다
누가 잊으리오
핏자욱이 임리한 철천의 교살장
하늘 아래 첫마당 죄악터

(1989. 11)

南漢山城

차라리
진주성이나 될 것이지
치욕은 삼백오십 년
물안개에 싸여
남한산성은 말이 없었다

항전 사십오 일
주전론자들의 곡소리를
등 뒤에 들으며
三田渡로 발길을 옮긴
인조왕

그날의 설움
잊지 않은 듯
남문 밖 늙은 느티나무는
오늘도
나직이 울고 있었다

천육백삼십칠년 정월 그믐날

혹한은 잠시 고삐를 늦추었다
해도 멍청하니 눈을 뜬 채
눈송이만 한잎 두잎 힘없이 흩날리던
三田渡 나루

'受降壇' 앞에
무릎을 꿇은 인조
용안을 땅에 조아린다

"형제지국으로 모시겠나이다"

청 태종의 왕관은 거세게
모로 흔들렸다

"신하지국으로 섬기겠나이다"

주먹 같은 눈물방울이
인조의 창자를 내리후볐다

청 왕은 짐짓

제비꼬리 수염을 두 손으로 치쓰다듬어 제꼈다

일컬어 '三田渡의 치욕' 이라던가

松坡 뒷골목
삼전도비는
똑똑히 가르쳐 준다

'역사는 총칼과 만용만으로는 이루어지지 않는다'

그 청나라는 어떻게 되었나
그 만주족은 어떻게 되었나

그리고 시방
우리는……

시쳇말로
지정학적……
약소민족이……
외세가……

통일의 몸부림은……

역사는 대답한다
'총명은 안다'

(1984. 10)

동학농민혁명전쟁
—그 100주년에—

큰님은 백 년 전에
청사에 남을 큰 일을 해냈다
농민 해방의 싸움

상투잡이 바지저고리바람 동학 접장이, 농사꾼 선비가
전제 왕조 전라도 고부땅에서 개벽 싸움을 일으켜
낫과 괭이와 죽창을 들고 관가를 쳐들어갔다
전봉준 님의 우렁찬 진군 호령이 들린다
토색꾼 조병갑의 가냘픈 비명이 들린다
동학군의 승세가 도도하자
왕조의 인면수심 파렴치배들은
왜군을 끌어들여 동족을 쏘아 죽였다
황토현의 선혈
앗 저런!
농민군이 왜총을 맞고 꽉꽉 쓰러져 낙엽지듯
악 아잇큐…… 아비규환
큰님은 효수되어
한을 천추에 남겼다
오늘, 분단 반세기

조병갑도 외세도 되살아나 있거니
큰님 큰뜻 이어
가시밭 길을 헤친다

(1993. 6)

五月처럼 푸른 항쟁의 예술을
—메이데이 100주년에—

오월은 과연 싱그러운 달인가
오월은 정녕 젊음의 달인가
갈라진 남쪽땅 또다시 폭풍이 휘몰아치는 오월의 의미를
묻는다
죽임과 항쟁으로 얼룩졌던
저 처절한 광주의 오월
독재의 아성을 짓부순 임리한 민중의 싸움

1889년 프랑스의 메이데이
그날 파리의 광장을 회상한다
근로자 투쟁예술의 첫 발굴음
시공을 뚫고 오늘도 들려오는 위대한 함성
오늘, 1989년 코리아의 메이데이
최루탄과 화염병이 날은다
쇠방패가 내리찍고 보도블록이 튄다
비명이 찢어지고 선혈이 흐른다

조선조 마지막 앓음소리 30여 년
일제 식민지 36년

외세 분단 46년
오월은 백 번도 오고 갔건만
함성
싸움
오늘 남녘 하늘은 이렇듯 험상궂어
가슴은 찢어진다
연인아, 그대 부드러운 손길을 다오
너와 나 온 겨레의 가슴을
뜨겁게 끌어안자 부둥켜안자
조국의 몸통은 끝내 이어져야 할지니
싱싱한 대자연의 오월 같은 항쟁의 예술을
산하에
가슴에
한껏 꽃피우자

(1989. 5. 3)

몽양 여운형 선생 영전에
—서거 45주기에 부쳐—

분노와 눈물로 돌이켜봅니다
45년 전 오늘을!
긴 장마철 쌀도 돈도 떨어졌을 때
여 선생을 찾아 이야기를 나누고 싶었습니다
이름깨나 있다는 자들이
겨레와 나라를 팔아먹는 글을 썼을 때
여 선생의 말씀을 듣고 싶었습니다
저 일제 민족말살 암흑 시기
여운형은 3·1운동의 뿌리요
상해 임시정부 수립에 큰 몫을 담당했던 겨레의 기둥이었
습니다
아시아 천지에서, 조국의 품에서,
그 번듯한 외모가 보입니다
그 유창한 사자후가 들립니다
일제 총본산 우두머리들 앞에서 불을 뿜은
현하의 변
청사에 남을 '독립투쟁의 예술'이었습니다
해방의 감격과 환호 속에 솟은
저 '건국준비위원회'의 깃발

백두산과 한라산에 비춘
민족소생의 햇발인저!
친일잔재 민족 배반자들이
반탁을 외칠 때
찬탁으로
임시정부 수립에 심혈을 기울였건만,
이승만의 분단노선에 맞서
좌우합작 통일노선을 치켜들었건만,
아아,
그대의 천재적 정견에 따랐더라면
반세기 민족분단 비운은 막았을 것을!
거성도 가고 세월도 갔지만
역사는 똑바로 기록합니다
'여운형 노선이 겨레 살리는 길이었다'
당신의 생애는 광휘롭고 웅혼했습니다

오늘은 묘비도 세우고
유덕과 위업을 우러르며
추모의 정을 나누고 있습니다
귀여운 딸 연구는, 지금

아버지의 뜻을 이어받아

세계 도처에서 조국통일을 위해 밤낮 뛰고 있습니다

저번, 조화를 안고 46년 만에 서울에 왔건만

아버님 묘소에 바치질 못하고

눈물을 뿌리며 돌아갔습니다

처참한 현실이지요

가슴이 아플 뿐입니다

역사적 남북합의서가 이미 채택되었습니다

겨레와 역사를 거스르는 반역을 물리치고

당신의 높은 가르침대로

남북형제는 기필코 자주통일을 이룩하고야 말 것입니다

선생은 우리 민족의 해방과 독립뿐 아니라

인간해방이라는 인류의 높은 이상까지 펼쳐 보이고 가르쳐 주신

대선각자 대애국자였습니다

몽양 여운형 선생,

천계에서도 저희들에게 힘과 용기를 주세요 이끌어 주세요

조국통일의 그날까지

인류해방의 그날까지   (1992. 7. 19)

어둡고 긴 역사의 터널
—제주도 4·3항쟁 43주년에—

강요당한 망각과 억압의 모진 세월
한숨과 눈물과 원한의 피토함
뒤틀린 역사의 뒤안길에서 숨죽여 신음했다
그날의 독립투사는 고혼 중음신으로 떠돈다
반역과 탄압의 광풍만이 험상맞아
역사의 함성으로 용틀임쳤던 제주도
유채꽃도 너와집도 돌각담도 조랑말도 백록담도 한라산
도 일출봉도 정방폭포도 민속물도
박제된 눈요기 상품에 지나지 않아
관광 안내원들의 유창한 말솜씨 속에
그날을 증언하는 알찬 목소리는 없다
관광 신혼부부들아
그대들이 배경으로 사진 찍는 돌각담을 눈여겨보라
미군과 친일경찰과 서북청년단에 맞서
마지막 총알을 쏘고 수류탄을 터뜨려 작렬한 최후를 마친
곳
관광객들이여
바닷가 백사장을 무심히 거닐지 말라
발 밑에는 생매장당한 해골이 묻혀 있느니라

파도 소리는 그날 용사들의 애꿎은 울부짖음

아름다운 제주도는 역사의 고비마다 외세와 맞서 싸운 한복판

독재는 그날의 진실에 철판보자기를 씌웠다

오늘은 민주주의와 통일을 향한 새날

제주도는 기억 소생의 수평선 위로 떠올랐다

(1991. 4. 3)

새 역사의 불길
—4 · 19혁명 30주년에—

그날도 남쪽 쪽빛바다 훈풍은 살랑살랑

마산들 파란 보리싹 잎새를 쓰다듬어 주었다

천마산 위 조국의 하늘은 유난히도 푸르러

운명의 날 1960년 3월 15일 너는 앞장섰다

'부정선거 다시 하라' '부정부패 쓸어엎자'

데모 대열 맨 앞장에서 불꽃을 토했다

네 눈동자를 할퀴어 빼고 너를 바다에 던진 자는 조선 토

종이 아니었다

왜귀신 양귀신에 들씌운 동족의 원수

"주열아 주열아"

남원에서 정신없이 달려온 네 어머니 외마디 비명

네가 눈알 없는 시체로 떠올려진 4월 11일

구두닦이 오성원 등은

네 시체를 저희 옷으로 감싸 맞들고 외쳐 돌았다

"원수놈들을 찢어 죽이자"

네 눈동자가 달아 올린 횃불

북악산까지 드높이 타올라

저 역사의 날 4월 19일

서울 장안은 부정선거 규탄 시위로 노한 물결

국민학교 어린이들까지 나섰다

"국군 아저씨, 형들에게 총을 쏘지 마세요"

넝마주이까지 피범벅 시체를 떠메고 노한 피목청으로 내달았다 독재의 아성을 향해

"따다당 땅땅"

거리는 선혈로 물들었다

병원마다 신음소리로 가득

대학생 김치호는 어린 동생들에게 치료를 양보

끝내 제 목숨을 빼앗겨 버렸지

경무대 앞 공방의 절정

쓰러지고 내닫고

끝내, 독재궁은 혼비백산 늙은 골리앗은 황망히 도망쳤건만

칼잡이 왜귀신 군인들이 민중 승리의 싹을 짓밟아 30년

너도 쉰 살 혼령이 됐구나

네가 댕긴 반독재 민주화 불길은

오늘도 온 나라 하늘 땅에서 활활 타고 있다

김주열아

불멸의 넋아

(1990. 4. 19)

香山光郞 (春園 李光洙) 방문기

1938년 여름 어느 한낮
식민지 서울 京城은
기진맥진 누워 앓고 있었다
청운동 막바지 숲길
매암 매암 소리도
오간장을 긁고 후벼댔다
찌는 무더위도 살에 닿는 진한 슬픔
소나무 싸리나무 아카시아 이파리엔
엷은 애수가 하느적거렸구
산비탈 능금밭엔
해맑은 빨간 애처로움이 조롱조롱 매달려
자하문 고갯길 꾸불꾸불 오르고 내리고 휘돌아
앞에서 허느적허느적 내려가는 개화장 신사 한 분
혹시나 해서 앞질러 곁눈으로 슬쩍 훔쳐봤다
사진에서 본 당사자가 아니었다
세검정 개울을 건너서 오르면
홍지동 40번지
기와집 대문 안에 들어서니
마당엔 푸른 향나무 한 그루
벽 도배지 위에 시조 몇 수가 붙어 있는 방에서

허리 굽은 할머니가 실눈을 뜨고 흰머리를 설레설레 모로
흔들었다
"선생님은 진작 효자동에 이사갔다오"
총독부 옆 효자동 '허영숙산원'에 당도하니
그저께 경성의전 병원에 입원했단다
삼청동 의전병원을 다시 찾자
이번엔 '면회사절' 쪽지가 붙어

퇴원 며칠 만엔가
효자동 자택에서 나는 그와 마주 앉았다
식민지 가난한 무명 청년과
일세를 풍미하는 당대의 대문사와
큰 골에 짧게 깎은 막머리
형형한 눈은 누르스름하고 광대뼈는 두드러져
일본 옷 하까마 차림
병풍 앞 얕은 상에는
불상을 모시고 향불이 피워져 있었다
"오이 나니 스루노오?"
(애 뭣들 하는 거야?)
그는 아이들과 일본말을 주고받았다

원산 송도원 해수욕장에서

몽양이 그의 가족을 만났다나

아이들이 튼튼하고 잘났다고 귀여워해 주자

춘원은 일본말로 아이들에게 통역해 주더라는

몽양의 말이 생각났다

내가 읽은 그의 작품을 모조리 동원

이틀간 문학토론을 벌였다

민족개조론 허방에서 이견은 있어도

호흡은 시종 부드러웠고 분위기는 그런 대로 어울렸다

사흘째 되는 날, 드디어

나는 핵심을 찔렀다

"선생님의 內鮮一體論은 그게 본심이신지요?"

나는 당돌할 수밖에 없었다

그는 애써

느긋하고 부드러운 표정을 지었다

"우리 조선은 역사적으로 漢, 唐, 元, 明, 淸, 아라사의 세력 밑에 살아왔고 지금은 일본 밑에서 살고 있어 허면⋯⋯."

"그렇기는 하지요 정도의 차이는 있어도 하지만⋯⋯."

"가만, 이럴 바에야 이왕이니 일본에 그냥 어울려 눌러

살 수밖에, 새삼 따로 최상의 방법이란 찾아내기 어려워"

"우리 민족의 앞길이 그렇게도 막힐까요?"

"朴春琴은 조선사람이지만 당당한 일본의회¹대의원이야. 우리도 하루 빨리 참정권을 얻어 우리의 권리와 주장을 내세우면 되잖아?"

"저는 그렇게 생각하지 않습니다. 독립해서 우리 힘으로 떳떳이 살아가도록 해야지요."

"李君은 아직 젊어서 그렇게 생각하지. 나도 무슨 생각인들 안 해봤겠나? 실제로 안 되니 어쩔 도리가 없는 게지."

"선생님 의견에 따를 수가 없는데요. 조선보다 작은 和蘭 白義耳 瑞西 같은 나라도 얼마든지 독립해 살아가고 있지 않습니까?"

"그건 지리적으로나 역사적으로나 우리완 다르지."

마지막 작별인사를 남기고 대문을 나섰다

머리 위 북악은 우뚝

큰 눈을 부릅뜨고 내려다보고 있었다

집에 돌아오자

배신당한 분노는

나약한 위선자의 책을 몽땅 불살라 버렸다

春園 李光洙는 담 다음해

1940년 2월 15일
창씨개명 맨 첫날
삼천만 민족 중 제1호로
'香山光郎'이라
創氏改名을 했다

(1982. 6)

만해 회상 1
—기우는 나라에 태어나다

공자왈 맹자왈
서당방 청청한 글소리
머리채 총각들아
나라 소식 못 들었쩨

구중궁궐 우직우직
대들보 금가는 소리
저것 봐, 낯선 배
둥근 쇠통이 불총을 쏴대
강화도가 떠나갈 듯
총칼 든 이리떼
바직바직 나라 숨통을 죈다
오적 무리는
나라 팔자 쑥떡쑥떡

열일곱 만해님
어찌 참을 건가
서당방을 뛰쳐나왔다
불덩이 가슴 바지띠 바짝 죄고

짚세기 신들메 낫자루 휘두르며

의병 앞장

왜병 가슴팍에 달겨들었다

(1982. 2)

만해 회상 2
―百潭寺 길

독립문이 솟아도
뉘긴 목숨을 끊어도
분루의 을사년은 황망히 저물었다
팔팔한 우국지사 밀서를 들고
이역 만리 배를 갈라도
만국의 연미복들
눈까풀 하나 까딱 안 했다
쉬 쉬, 끔쩍 끔쩍
"느가 꿀꺽해도 무방한겨, 법칙인께"
불도 꺼진 동방의 등대
한갓 승냥이들의 고깃덩이
세기 초 최악의 괴물 제국주의는
발톱까지 총칼을 끼고 식민지 사냥에 누깔이 뒤집혔다
아, 내 나라 1910년 망국의 한
이완용 무리 원수와 얼려 축배를 든다
원통은 땅 끝도 넘어
―切衆生悉皆成佛이면 나라도 찾으리라
만해님 중생 구원의 길로 떠난다
나라 잃은 곡소리

차마 발이 안 떨어져
뒤돌아보는 저어기
가난한 마을
헐벗은 형제
초겨울 바람은 험살궂고
백담사 오름길은 고카롭고

(1982. 2)

만해 회상 3
―志 操

六堂이
총독부 중추원 참의 벼슬을 받은 다음날
崔 南 善 세 글자도 또렷한 대문 밖에서
"어이 어이……"
주인을 조상하는 만해의 곡소리

길에서 육당을 만났다
이름을 줏어대며 알은 체했다
"육당도 최남선도 이미 죽었거늘 댁이 뉘시오?"
세 번 반문하고 그냥 지나쳐 버렸다

이광수가 성북동 은거를 찾아왔다
"난 그런 사람 모르오."
춘원도 끝내 삽짝 안에 발을 못 들여놨다

變 節 者 ―
원한 맺힌 세 글자 의분 못 참아
인간 쓰레기 상종 못해
志 操 ―

저 곧고 높은 뜻
저 푸르른 절개 일편단심
백만대군의 힘
겨레 자주정신의 받침목이여

(1982. 2)

만해 회상 4
—만해 선생 성북동 은거를 찾아

1938년 늦가을
성북동 골짝은 소슬했다
여기 찾고 저기 더듬어
낙엽을 밟으며
비탈길을 올랐다
소나무와 아카시아에 둘러싸인
외딴집 한 채
만해 선생은
손때 곱게 낀 얇은 이불을 제끼며
일어나 앉으신다
자그마한 야윈 체구
깎은 머리에 초췌한 얼굴
눈은 작으나 빛을 쐈다
고개를 오른쪽으로 약간 기울인 앉음새

나는 『님의 침묵』을 애독했다
조선일보에 연재된 『흑풍』은
내 공상의 세계를 살찌웠다
불교유신론 일부와 논문 몇 편을 훑어보았을 뿐

문학보다도 선승보다도
33인의 한 분보다도
지조 높은 애국지사가 더 우러러웠다

가슴의 불꽃을 쏟아냈다
—뭐 한 일이랄 것도 없겠구—
고요하고 나직하나
가슴을 울려왔다
—민족 회생에 무슨 묘수야 있겠소마는—
청년의 사명을 역설하셨다
—겨레와 조국에 부끄러움이 없을—
말씀은 잔잔하면서도 마디마디 힘이 들어 있었다
—끊임없는 사색에 탐구를 게을리 말아야—

항일 의병이자 투사요
선각자요
선승이요
시인이요
33인의 한 분이요
무엇보다도

당대의 지조 높은 애국지사인
만해 한용운 선생!

가난한 식민지 청년의 가슴엔
만감이 솟아올라
이 나라는—
이 겨레는—

물음을 멈추고 잠시 생각에 잠겼다
—이 가난한 애국지사에 대해 이 순간에 해야 할 일은—?
—병이 하루바삐 낫도록 약 한 첩이라도 지어 드리고 굶
으시지 않도록 쌀 한 되빡이라도 사드려야 하는데—
허나, 내겐 고만한 돈도 없지 않은가
당장 전차표 한 장 끊을 오 전조차 없는 주제다
입술이 탔다
가슴이 찢어졌다

떨어지지 않는 발길을 돌려
삽짝을 나섰다

내리막에서 멈추어
잠깐 뒤돌아봤다
골짝은 산그늘에 가려 말이 없고
물소리 새소리 애닯기만 했다

(1982. 2)

통일의 새 역사를 앞당기는
열정의 목소리

김명수 (시인)

사람은 대체로 나이가 들수록 정신력이 쇠퇴한다. 냉철한 이성도 뜨거운 정열도 노쇠와 함께 소멸되고 소진된다. 우리는 이 같은 현상을 인인(隣人)들을 통해 목격하고 그것이 쓸쓸한 인간사의 필연적 현상이라 단정하게 된다. 그러나 우리는 이 같은 우리의 단정에 홀연 의아심을 갖게 하는 경우를 목도하게 되는데, 그것이 바로 이 시집의 저자이신 이기형 선생의 경우라고 할 수 있다.

시집의 표지에 간략하게 명기되어 있기는 하나, 개인적으로 이기형 선생에 대한 이해가 부족한 독자들을 위해 나는 먼저 이 시집의 저자이신 이기형 선생이 북녘에 고향을 둔, 80이 된 노시인이라는 사실을 밝히고 싶다. 육신의 연령이 80을 넘으면 일반적으로 비록 타고난 건강이 남다르다 하여도 고도의 정신적 집중이 요구되는 시작 활동이 손쉽다고 할 수 없다. 그러나 놀랍게도 우리는 우리의 고루한 관념을 일시에 뒤엎으며 백발

청춘의 뜨거운 문학적 열정이 용솟음쳐 분출한 선생의 새 시집을 앞에 두고 읽는다. 그리하여 우리는 노령의 한계를 뛰어넘어 이기형 선생이 보여 주는 싱싱한 문학적 모범 앞에 찬탄과 존경의 마음을 감추지 못한다.

그러나 나의 찬탄과 존경은 단지 선생의 연령과, 그 연령을 극복한 문학적 정열 때문만이 아니다. 그것은 선생의 시가 정신의 혼탁과 이념의 상실로 갈길을 몰라 방황하는 오늘날의 문학풍토 속에서 청년의 정열을 압도하는 투철한 역사의식과 더불어 뛰어난 문학성을 겸비하고 있기 때문이다. 기실 문학에 임하는 행위 자체는 당대의 현실과의 긴장된 대결이 동반되게 마련이며 그 속에서 참다운 문학적 성취를 얻기는 쉬운 일이 아닐 것이다.

여기서 우리는 이기형 선생의 연령에 이르른 이 땅의 다른 노시인들을 기억하게 된다. 그들 또한 특별한 건강으로 아직까지 시작활동을 지속하는 행운을 누리지만 올바른 역사의식과 투철한 작가의식이 결여된 시로서 우리를 실망시키는 모습을 보여 주지 않는가.

이기형 선생의 이 신작 시집은 선생이 70이 다 되어 시작활동을 하신 이래 여섯번째 펴내는 시집이다. 열화와도 같은 열정으로 써낸 선생의 시집에서 제일 먼저 내 마음을 압도하는 것은 굳건한 역사의식과 민족의식이 바탕이 된 통일을 기원하는 시들이다. 이 시들은 주로 '망향 思母恨'이라는 부제를 달고 있는 제2부에 수록되어 있는데 한편 한편이 관념에서 표출된 작품이 아니라, 자신의 체험적 삶에서 우러나온 것이어서 뜨거운 공감과 감동을 자아내게 만든다.

북단으로 못 간 지 반백 년
에라, 차라리
내 정열은 남단으로 분류했다
나는 지금
남쪽 땅 끝 토말 달마산 벼랑에 섰다
눈앞은 망망대해
만고의 신비가 출렁댄다
인제 내 발로 더 걸어갈 뭍은 없다
땅 끝은 바다의 시작
바다 끝은……
아, 생각난다
56년 전 서호진 바닷가
"저 끝으로 가보고 싶어요!"
수정눈 갓 핀 해당화 소녀
갈매기, 돛배……
—중략—
네 꿈의 파편을 어디서 줍으랴
땅 끝은 바다
바다 끝은 땅
지구 위에 끝은 없다
끝은 곧 또 다른 시작
나는 되돌아 달린다

북단을 향해
달림을 시작했다
　　　　　—「土末에서」 부분

　남한의 땅 끝 '토말(土末)'에 다달아 가슴에 사무치는 감회
를 노래한 이 시는 북녘에 고향을 둔 시인의 서정적 비애가 담
겨 있다. 그러나 이 시가 단순히 실향민으로서의 회한에 머물
지 않고 분단시대를 살아가는 우리에게 크나큰 감동을 전하는
것은 "네 꿈의 파편을 어디서 줍으랴" 하는 물음과 함께 "인제
내 발로 더 걸어갈 물은 없다"고 표출하는 시인의 한계적 역사
의식이다. 이는 분단의 역사가 더 이상 지속될 수 없으며 통일
을 앞당겨야 한다는 또 다른 표현일 터인데 여기서의 토말(土
末)은 지리적으로 땅 끝 토말이 아니라 분단 50년 세월 동안 우
리 민족이 다다른 마지막 지점임을 상징한다. 시인은 시에서
"끝은 곧 또 다른 시작"이라 말한다. 나는 여기서 일제의 가혹
한 탄압에 굴하지 않고 「曠野」, 「絶頂」 등의 시를 쓴 이육사 선
생을 떠올린다. 이육사 선생은 그의 시 「絶頂」에서 "매운 季節
의 채칙에 갈겨 / 마침내 北方으로 휩쓸려오다 // 하늘도 그만
지쳐 끝난 高原 / 서리빨 칼날진 그 우에 서다 // 어디에 무릎
을 꿇어야 하나 / 한발 재겨 디딜 곳조차 없다 // 이러매 눈 감
아 생각해 볼밖에 / 겨울은 강철로 된 무지갠가 보다"라고 노
래했다. 나는 일제 강점기에 생산된 육사 선생의 「絶頂」과 민
족 분단기에 생산된 이기형 선생의 「土末에서」의 두 시에서 공
통적으로 드러나 한계적 역사의식을 주목하며 해방과 통일을

갈망하는 순결한 마음을 읽는다. 시인은 또 이 시의 마지막 구절에서 "나는 되돌아 달린다 / 북단을 향해 / 달림을 시작했다"고 말한다. 이는 분단 극복을 위한 시인의 결의이며 동시에 우리에게 민족 분단의 해소를 위한 노력에 동참해야 한다는 뜨거운 다짐일 것이다.

서울의 지붕 백운대에서
내 고향 지붕 뾰로지로
단숨에 건너뛸
축지법을 익히랴
찬 하늘을 가르며
끼럭끼럭 북으로 날으는
저 새떼에 끼일
화안술(化雁術)을 배우랴

소자는 오늘도
흰 머리칼을 감아 쥐고
지축을 울려
몸부림치옵니다

허공은, 저리
허허 높을 뿐
메아리 없는
찢기운 산하

아, 시간은 잔인하구료
이팔 흑발이 고희 백발이라

어머님은
올해 아흔 고령
꿈에도 생각잖아요
돌아가셨다고는

어찌 돌아가시랴
청상 외아들을 만나지 않고서야

시간아
멎어 다오
되돌아가 다오

우리 어마이
아흔에서 여든 되고 일흔 되고 예순 되게시리
되돌아가 줘
되돌아가 줘
　　　　—「思母恨」전문

　인용하는 시로서는 좀 길게 느껴지지만 시인의 통절한 마음
이 읽는 이의 가슴에 그대로 와 닿는 이 시는 한마디로 비범하
다. 시인이 청년시절 북녘 고향을 떠나온 이래 외아들인 자신

을 기다리실 90 노모를 그리는 절절한 마음이 탁월한 수사로 형상화되어 있는 이 시는 지금까지 씌어진 분단문학을 되새겨 보아도 빼어난 수작으로 손꼽기에 주저하지 않을 작품이다. 어머님이 계실 북녘으로 날아가는 기러기가 차라리 부러워 '화안술(化雁術)'을 익히고 고향산 '뽀로지'로 건너뛸 '축지법'을 익히고 싶다고 토로하는 노시인의 심사는 눈물겹기 그지없다. 우리는 이 시에서 체험적 진실의 핵심에 가 닿아 있는 감동을 맛보며 기왕의 범속한 분단시들에서 느끼던 정치적 슬로건과 구호와 메시지 전달위주의 한계를 극복한 뛰어난 시적 감흥을 맛본다.

다시 한 번 말하거니와 이기형 선생의 이번 시집에서 우리를 감동케 하는 것은 뛰어난 문학성을 바탕으로 하는 시들이다. 지금껏 우리는 선생의 시를 두고 뜨거운 직정을 그대로 드러내는, 다소 문학적 세련성이 부족하다는 평을 들었다. 그러나 우리는 기왕의 이 같은 평가를 단숨에 뒤엎는 시들을 적지 않게 읽을 수 있는데 그 한 예로 다음과 같은 시를 만나게 된다.

해질녘
흰 빨래 걷힌 백사장에 남은
아스라한 그리움

시냇물은 삼천리로 흘러
대지를 싹티우는
4월의 넋이여   ─「그리움」 전문

우리는 이 시에서 지금껏 이기형 선생이 보여주던 구체적 메시지의 전달은 찾을 수 없다. 다만 1련의 시적 분위기를 통해 그 어떤 애수를 느낄 수 있을 뿐이다. 그러나 이 시가 단지 해질녁 빈 백사장이 전하는 막연한 비애만을 전하지 않는 것은 '삼천리로 흘러'가는 '시냇물'과 '대지를 싹틔우는 4월의 넋'이라는 제2련의 시적 수사를 통해서일 터인데 이런 시적 수사를 통해 우리는 그 어떤 크고 넓은 시인의 마음을 느낄 수 있다. 여기서 우리는 굳이 이 시에서 시인이 의도하는 메시지를 분석할 필요는 없을 것이다. 다만 흰 빨래가 걸린 저물녁 백사장을 전경에 놓고, 보다 크고 넓은 가치를 위해 헌신하는 '시냇물'의 의미를 뒤에 와서 등장시킨 고도의 세련성과 함께 역사를 위해 헌신하려는 시인의 가슴을 짐작할 뿐이다. 자신이 의도하는 바를 행간에서 감추면서 드러내는 수법으로 한 편의 출중한 서정시를 완성하는 시인의 이런 기법은 이전의 시들에서 볼 수 없던 진경이라 할 수 있다.

이 밖에도 이번 시집에는 과거의 선생의 시집에서 볼 수 없던 빛나는 상징성을 내포한 시들이 실려 있는데, 이 시들은 시적 기교와 형상성이 탁월하여 우리의 눈길을 모은다.

대낮에도 당당히
땟속에 뀐다
한푼 자유는
서캐를 슬어
참빗장수 입안에

군침이 돈다

각설이 몸에 스물스물
피를 빠는 놈

골리앗은 바위벽에
등살을 비벼댄다

참다 못해
몸을 던지는 다윗이여
　　　　　　　　—「蝨」전문

　이 시는 20세기의 마지막 10년간에 접어든 세계사적 역사 상
황에서 자본주의와 사회주의 내지는 민중주의와의 대립관계에
서 빚어지는 여러 가지 현상들을 상징적으로 드러낸다. 우리의
전통 풍물인 참빗과 구약에 등장하는 다윗과 골리앗의 관계를
빌려 오늘의 역사 상황을 해석하는 이 시에서 우리가 주목하는
것은, 골리앗에게 돌을 던져 훗날 왕이 되는 구약의 다윗이 돌
대신 몸을 던진다는 점이다. 이 점은 오늘날의 역사적 상황에
서 민족적 자아를 환기시키는 의미를 지니며 우리에게 고도의
시적 상징성을 제공하고 있다.
　또한 이번 시집에는 현대사를 몸으로 체험한 자만이 쓸 수
있는 시들이 실려 있다. 그것은 바로 시집의 마지막 제4부에 수
록되어 있는데 시인의 시 정신은 시공을 초월하여 넘나든다.

예컨대 시인은 삼백오십 년 전 우리의 조상이 겪은 '三田渡'의 역사를 되새기고 동학농민혁명전쟁을 일깨운다. 그런가 하면 일제시절 '香山光郎'이라 개명한 이광수와의 만남과 몽양 여운형, 만해 한용운 선생과의 추억도 등장시킨다.

전반적으로 이 시들은 시인이 의도하는 역사의식에 따라 씌어지고 있는데, 시인은 이 시를 통해 그릇된 역사를 비판하고 참다운 역사를 맞으려는 소망을 피력한다. 우리는 이 시들에서 산문적 구조를 띤 시적 단순성을 읽기도 하지만 한편으로 험난한 현대사를 온몸으로 경험한 선생만이 쓸 수 있는 독특한 시적 경험을 공유할 수 있는 감동을 맛본다.

이제 나는 선생의 시집에 붙이는 이 글을 마무리해야 할 순간에 와 있다. 나는 선생이 떨리는 손으로 쓰신 자필 원고를 읽으며 하단전에서 솟구쳐 오르는 뭉클한 감동을 지울 수가 없었다. 그것은 지난 10여 년간 누구보다 가까이에서 선생을 보아온 필자로서 선생이 북에 두신, 이제는 100여세가 다 되셨을 노모를 그리워하는 모습을 보아 왔기 때문이다. 그런 선생이 특별히 주목도 받지 못한 시를 청년의 정열을 압도하는 열정으로 써오신 것은 바로 민족통일을 앞당기려는 염원 때문일 것이다. 나는 투철한 역사의식과 빛나는 문학성을 겸비한 선생의 새 시집을 읽고 후생으로서 나도 선생의 연세에 이르러서도 선생처럼 도저한 문학적 열정을 지닐 수 있기를 소망하며, 부디 선생과 선생의 어머님의 건강이 특별하셔서 통일의 그날까지 살아 계시기를 기원해 마지 않는다. 그리고 선생의 문학 또한 더욱 더 깊고 넓어지기를 소망해 마지 않는다.

나도 모르는 새 어느덧 나이란 놈은 여든 살을 먹었구나!

헌데도, 남북 분단 51년을 맞았는데도, 한 일이란 쥐꼬리만도 못하니 어쩌랴.

여기 모은 시들은 1981년부터 1995년까지 15년간 써놓은 시들 중 일부로서 부끄럽지만 내 정신생활의 편모다. 이 기간은 국내·국제적으로 과시 세계사적 변혁과 사건으로 점철되었다. 이에 대한 시적 대응이 미미하고 보잘것없는 것은 비단 환경의 탓만도 아니요, 나 자신의 재능과 역량의 부족이라고 돌이켜본다. 이 시편으로 내 시를 세상에 묻기엔 아직 미흡하다. 독자 제현의 편달과 지도를 바랄 뿐이다.

시가 천시를 받는 어두운 시대에 과찬의 해설을 써준 김명수 시인과 시집을 펴내 준 살림터 송영현 사장에게 진심으로 뜨거운 감사를 드린다.

1996년 11월 11일
이기형

별 꿈

처음 찍은날 · 1996년 12월 05일

처음 펴낸날 · 1996년 12월 10일

지은이 · 이기형

펴낸이 · 송영현

펴낸곳 · 살림터

찍은이 · 나병문

찍은곳 · 신화인쇄공사

주소 · 121 - 231 서울시 마포구 망원1동 384 - 20

전화 · 3141 - 6553 (대표)

팩스 · 3141 - 6555

등록번호 · 제2 - 1008호 (1990년 5월 15일)

값 4,000원

※ 잘못된 책은 바꾸어 드립니다.

ISBN 89 - 85321 - 37 - 4 (03810)